Amina, die junge Afrikanerin

Teil 1

-

Verführt und abgerichtet

von

Max Spanking

1. Kapitel
Die neuePutzfrau

Ich schaute auf, als Amina mein Büro betrat. Verdammt war sie heiß! Ihre Haut war von einem dunklen Kaffeebraun, das Gesicht fein geschnitten mit dunklen Augen. Ihren verlockenden Vorbau versteckte sie unter einer Jeansjacke, ebenso wie sie ihre schwarzen Haare unter einem gleichfarbigen Tuch verbarg. Ihre grauen, eng anliegenden Jeggings, stretchy, sporty Jeans, betonten hingegen den traumhaft runden Knackarsch.

Das war meine neue Putzfrau. Sie stammte meines Wissens aus dem Sudan.

„Hi, Amina!" Ich hob die Hand und grinste.

„Guten Tag, Herr Grünberg." Da sie hier aufgewachsen war, war ihr Deutsch akzentfrei. „Was soll ich hier sauber machen?"

Sie kam leise auf den Schreibtisch zu, den Blick brav gesenkt.

Das mag ich einfach, wenn die Girls sich so unterwürfig geben, schmunzelte ich innerlich und musterte die süße junge Ex-Studentin.

19 knackig-frische Jahre alt. Von der Uni geflogen. Warum eigentlich? Ich erlebte sie als sehr aufgeweckt und zuverlässig. Sie hielt sich mit Putzjobs über Wasser, bis sie eine passende Ausbildungsstelle fand.

Ich stand auf, um ihr Platz zu machen, so dass sie meinen Schreibtisch sauberwischen konnte.

So süß! Sie war eher klein und reichte mir nicht mal ganz bis zur Schulter.

Sie schien meine Blicke zu spüren, denn sie sah scheu zu mir auf. Ihre großen, dunklen Augen schimmerten feucht.

Verdammt, darin kann man sich verlieren!

„Was soll ich sauber machen?", wiederholte sie geduldig die Frage. Ein amüsiertes Funkeln schlich sich in ihre Augen.

„Alles. Auch den Computer und den ganzen Schreibtisch", erwiderte ich und schaffte es, meine Gelassenheit aufrechtzuerhalten.

„Okay, Herr Grünberg." Sie lächelte hinreißend.

Ich war mir bewusst, dass die süße Schnalle ganz nah bei mir stand und es verschlug mir beinahe den Atem.

Und bevor ich begriff, was geschah, packte ich die kleine Putzfrau fest am Arsch.

Amina stöhnte überrascht auf – und ich starrte sie mindestens genauso überrascht an.

Doch dann riss ich mich zusammen. *Ist es nicht das, wovon du geträumt hast, seit du diese Schokoladenmaus das erste Mal gesehen hast, Carsten?*, dachte ich. *Du wolltest sie doch gleich packen, über den Schreibtisch werfen und durchficken! Also mach weiter! Wenn es ihr nicht passt, rennt sie weg und dann weißt du es.*

Ich verstärkte meinen Griff.

Amina erstarrte endgültig zur Salzsäule. „He-Herr G-Grünberg?", stammelte sie.

„Was dagegen, Süße?", fragte ich leise, aber mit einer gewissen Schärfe, die ich mir in den diversen Clubs antrainiert hatte. „Das lohnt sich für dich, versprochen."

Sie starrte mich an, protestierte aber nicht.

Ich knetete ihre festen Backen. Die Jeggings lagen wirklich unglaublich eng an. „Deal, Süße?", hakte ich nach.

„Ja, Herr Grünberg", hauchte sie, immer noch perplex. Aber sie entspannte sich langsam.

Ich knetete weiter ihren prachtvollen Knackarsch. „Das wollte ich schon die ganze Zeit tun", verriet ich ihr.

„Wirklich? Nun ja, ich habe schon bemerkt, dass Sie mir nachschauen, Herr Grünberg", gestand sie. „Aber das tun die meisten, oder?"

„Aha? Für so eingebildet hätte ich dich nicht gehalten", neckte ich sie.

Ihr Gesicht lief dunkler an. „Das meinte ich nicht …"

„Ich weiß schon." Ich lachte und griff nach ihrer Schulter. Mit der anderen Hand tastete ich nach meinem Portemonnaie und holte einen 50-Euroschein heraus, den ich Amina mit einiger Mühe hinten in die Hose schob. „Dein Arsch fühlt sich fantastisch an."

„Danke." Sie grinste und ihre weißen Zähne blitzten auf.

„Dann putz jetzt weiter." Ich entließ sie mit einem letzten Klaps auf den Po.

Nach kurzem Überlegen begab ich mich in die Küche, um mir einen Kaffee zu machen.

Als ich zurückkehrte, wischte Amina gerade das helle Parkett feucht auf. Wie beim Rest des modernen Hauses waren die Wände anthrazitfarben. Das gab meiner Villa einen kühlen Touch, aber ich genoss die Atmosphäre. Sie war schlicht und verriet doch jedem, dass ich es geschafft hatte.

Amina schritt den Raum mit dem Wischmopp gewissenhaft ab. Ich setzte mich mit dem Kaffee wieder hinter den Schreibtisch und beobachtete Amina. *Ich wette, wenn ich sie reibe, wird sie noch feuchter als das Parkett!*

„Vergiss die Bodenleisten nicht", wies ich sie gelassen an.

„Ja, Herr Grünberg."

„Und hör mit dem ewigen *Herr Grünberg* auf. Das klingt wie aus einem Groschenroman."

Amina lachte perlend auf. Sie sah zu mir und wieder konnte ich ihr fein geschnittenes Gesicht bewundern. Nichts erinnerte an das Klischee der groben Gesichtszüge und aufgeworfenen Lippen. Und dieser dunkle Teint! Sie schien einem Märchen aus Tausendundeiner Nacht entsprungen zu sein. Die treue, wunderschöne Sklavin, die einer arabischen Herrin aufwartete.

Endlich war sie mit dem Aufwischen fertig und bückte sich, um die Bodenleisten an der Wand zu säubern. Dabei streckte sie mir ihren herrlichen Knackarsch entgegen. Mir lief das Wasser im Munde und das Blut zwischen den Beinen zusammen.

Jetzt kauerte sie sich nieder und selbst ihre eng anliegenden Jeggings rutschten jetzt ein Stück runter. Sie entblößten einen Teil ihrer wunderschönen, schokoladenfarbenen Haut. Und einen schwarzen Slip.

Wie züchtig!, amüsierte ich mich. *Einen Slip habe ich an einer Frau schon seit Jahren nicht mehr gesehen.* Es juckte mich in den Fingern, zu Amina hinüberzugehen und in den Bund ihrer geilen Jeggins zu greifen und daran zu ziehen. *Und den Slip würde ich ihr natürlich auch gleich ausziehen.*

Ich versuchte, meinen Atem zu beruhigen, dann stand ich langsam auf und näherte mich Amina. „So ist es perfekt, Süße, bleib so.“

Amina zuckte zusammen und warf mir über die Schulter einen Blick zu, aber ich grinste sie nur herausfordernd an. *Wenn ich jetzt zugreife, packt sie sich aufs Maul*, dachte ich. *Aber ihren Arsch muss ich wieder haben!*

Aber ich musste es Schritt für Schritt angehen, um die Studentin nicht zu vergraulen. Eines nach dem andern, bis ich sie in den Fängen hatte.

„Dein Arsch ist geil.“ Ich konnte kaum die Augen von ihr lassen. „Ein Traum.“

„Danke.“ Ich hörte die Verlegenheit in ihrer Stimme und beschloss, sie einstweilen nicht weiter zu bedrängen.

Also kehrte ich zu meinem Schreibtisch zurück und beobachtete von dort aus, wie sie die Bodenleisten wischte. Sie kauerte sich alle paar

Schritte nieder und ihr geiler Arsch wippte verführerisch.

Zwischen meinen Beinen staute sich das Blut. *Verdammt, so heiß hat mich schon lange keine Putzfrau gemacht! Und ich stehe doch sonst nicht so auf Afrikanerinnen. Amina ist aber wirklich süß. Dieses zarte Gesicht und die perfekte, reine Haut. Ein richtiges Betthäschen, die Kleine!*

Ich riss mich zusammen. Ich durfte die Bitch nicht ansabbern wie ein Schuljunge, auch wenn ich ihr eben an den Arsch gegriffen hatte.

Nach einer Weile war Amina leider mit dem Putzen des Büros fertig und ging. Es war, als verließe mehr als nur sie den Raum. Die knisternde Spannung verflog und ich wandte mich endgültig wieder meiner Arbeit zu.

Aber ich musste sie haben. Koste es, was es wolle. Die süße Studentin musste mir gehören!

Ich begann nachzudenken. Geld war ein gutes Mittel für den Anfang – und dann würde ich sukzessive den Druck erhöhen ... bis sie mir nicht mehr entkommen konnte.

Gegen zwei Uhr war Amina für heute fertig. Wir trafen uns in der Küche.

Wie gewohnt war alles pieksauber. Die schwarzen Oberflächen und die weiße Tischplatte glänzten. Wie der Rest des Hauses war auch die Küche anthrazitfarben gehalten. *Sie macht wirklich einen hervorragenden Job,* freute ich mich. *Vielleicht sollte ich sie an weiteren Tagen engagieren. Das Haus ist groß.*

Darüber lohnte es sich wirklich nachzudenken.

„Ich wäre für heute fertig“, erklärte Amina und machte tatsächlich einen kleinen Knicks.

In einem French-Maid-Kostüm würde sie auch zum Anbeißen aussehen!, schoss es mir durch den Kopf.

„Gut. Sehr gute Arbeit“, lächelte ich und zwinkerte ihr zu.

„Danke, Herr Grünberg.“ Sie lächelte schüchtern zurück, den Blick gesenkt. „Es ...“ Sie zögerte und brach ab.

„Was denn?“, fragte ich nach.

Aber Amina schüttelte nur stumm den Kopf.

„Na gut. Also Donnerstag wie üblich?“

„Ja. Bis Donnerstag, Herr Grün...“

„Hör auf mit dem *Herr Grünberg* hier, *Herr Grünberg* da. Ich bin Carsten.“

Amina grinste. „Okay ... Carsten.“

„Besser. Also bis Donnerstag, Süße.“ Als sie an mir vorbeiging, gab ich ihr zum Abschied einen Klaps auf den geilen Knackarsch.

Sie sah mich erneut mit Überraschung an, sagte aber nichts mehr und ging.

Ich sah ihr versonnen hinterher.

2. Kapitel
Scham und Eingeständnis

Amina atmete auf, als sie Grünbergs moderne Villa verließ. Hastig zog sie ihre Jeansjacke über und eilte zum Tor. Als es hinter ihr zugefallen war, verlangsamte sie ihre Schritte. Sie hatte die prickelnde Atmosphäre gefühlt und Grünbergs Blicke, die sie förmlich ausgezogen hatten ...

Und dann noch der Griff an den Arsch! Amina hatte es kaum glauben können, als er wirklich zugegriffen hatte.

Es schien ihr, als kribbelte ihr Hintern immer noch vom intensiven Kneten. *Er war selber überrascht – und dann hat er es richtig ausgenutzt!* Brennend heiße Scham stieg in ihr auf. Sie beschleunigte unwillkürlich ihre Schritte und als sie die Straßenbahn heranfahren sah, rannte sie sogar ein Stück.

Amina erwischte die Straßenbahn wirklich noch. Außer Atem ließ sie sich auf den erstbesten Sitz fallen.

Dieser arrogante Sack! Greift mir einfach an den Arsch, als wäre ich eine billige Nutte! Die Scham machte der Wut Platz. *Nur weil er mich bezahlt, glaubt er, über mich verfügen zu können!*

Sie erinnerte sich an das Gefühl, als er ihr den Geldschein in die Hose geschoben hatte. *Er hat mich sogar dafür bezahlt. Ich war seine Nutte! Warum habe ich nicht protestiert?*

Die Gedanken wirbelten durch ihren Kopf. Ihr Hintern kribbelte wieder. *Und er hat mir sogar zweimal einen Klaps gegeben! Einfach so!* Ihr Gesicht wurde heiß. Zum Glück verbarg ihre dunkle Haut ihre Verlegenheit recht gut.

Amina umklammerte krampfhaft ihre schwarze Lederclutch. Nach einer Weile begann ihr Kiefer zu schmerzen und sie begriff, dass sie die ganze Zeit die Zähne zusammengebissen hatte. Sie lockerte den Kiefer kurz und zwang sich, tief durchzuatmen.

Ich sollte ihn anzeigen. Sofort!, grollte sie. Sie putzte schließlich nicht nur bei Grünberg – und einen neuen Auftrag würde sie locker finden. All die Haushalte, in denen Doppelverdiener lebten, mussten auch in Schuss gehalten werden.

Endlich kam ihre Haltestelle und Amina stand auf, um zur Tür zu gehen. Sie wusste sogar, wo die nächste Polizeiwache lag. Als sie ausstieg, zögerte sie, wandte sich aber doch ihrer Wohnung zu.

Warum ging sie nicht zur Polizei? Amina zuckte die Achseln. Aber eigentlich wusste sie es doch. Scham. Tiefe, brennende Scham ließ ihren Magen sich verknoten. Scham, dass Grünberg sie einfach so angegrapscht hatte.

Mit gesenktem Kopf öffnete sie die Tür zu ihrem Wohnblock.

Als Erstes machte sie sich einen Espresso und ließ sich auf ihre durchgesessene Couch sinken.

Langsam sah sie sich in ihrer Wohnküche um. Der Raum war schlicht und funktional. Nur einige Bilder schufen eine gewisse Atmosphäre.

Dennoch, jedes Mal, wenn sie aus so einer Bonzenvilla herauskam, kam ihr ihre Wohnung ärmlich vor. Auch Grünbergs moderne Villa war schlicht, aber auf eine Weise, die regelrecht Reichtum atmete.

Na, hör schon auf! Im Sudan wären sehr viele froh über eine Wohnung wie deine!, schalt sie sich. Dann sank sie wieder in sich zusammen. Die Wut und Scham tobte immer noch in ihr.

Dann richtete Amina sich ruckartig auf. „Das Angefasstwerden war gar nicht das Schlimmste!", sagte sie laut vor sich und schrak ob ihrer eigenen Stimme zusammen. *Er sieht eigentlich sehr gut aus. Fit. Und ins Solarium geht er bestimmt auch ziemlich oft. Für 30 wirkt er echt noch jung und knackig.* Neue Hitze stieg ihr zu Kopf, als sie sich das eingestand. Hastig stellte Amina die Tasse ab und verbarg das Gesicht in den Händen.

Sein fester Griff an ihrem Hinterteil hatte sie zuerst gelähmt, aber dann hatte ihre verräterische kleine Spalte angefangen, schöne Gefühle durch ihren Body zu schicken.

Sein zuerst überraschter Blick hatte sich verändert und war härter und bestimmter geworden. Amina hatte Lust darin aufblitzen sehen.

Dennoch hatte sie seinem Blick nicht mehr ausweichen können. *Ich bin doch sonst so schüchtern*, wunderte sie sich. Aber er hatte ihren Blick immer wieder festgehalten und ihren ... Arsch immer härter geknetet. *Er wollte dich. Bestimmt hätte er dich gleich über dem Schreibtisch genommen ... wenn er sich nicht zurückgehalten hätte. Er verliert die Kontrolle nicht so rasch.* Ein wohliger Schauer durchfuhr Amina und sie riss hinter ihren Händen die Augen auf. *Und es hätte dir gefallen – oder kleine Amina? Wurdest noch nie gefickt ... dank deiner konservativen Erziehung ... aber von ihm würdest du gerne gefickt werden ...*

Ein verzweifelter Laut entrang sich ihrer Kehle. Ja, das wünschte sie sich. Spätestens, seit er sie so bestimmt, so besitzergreifend gepackt hatte. Grünberg war kein Brutalo, aber ein Typ, der wusste, was er wollte.

Wieder stöhnte Amina verzweifelt auf. Und ihre Fotze pochte bestätigend.

„Scheiße, das kann doch nicht wahr sein", murmelte sie. „Dein Chef macht dich geil, obwohl er dich wie ein Spielzeug behandelt hat, ja?"

Weil *er dich wie ein Spielzeug, wie sein Eigentum behandelt*, meldete sich eine leise, unverkennbar hämische Stimme in ihrem Geist.

Amina stöhnte wieder verzweifelt auf und warf sich nach hinten. „Wo wird das noch hinführen? Am Donnerstag bin ich wieder bei ihm", sagte sie laut.

Doch diesmal schwieg die Stimme in ihrem Kopf.

3. Kapitel
Totale Überwachung
der heißen Putzfrau

Endlich Donnerstag! Die beiden letzten Tage waren eine regelrechte Qual gewesen. Ich konnte Amina kaum aus meinen Gedanken verbannen. Nicht, dass ich verliebt gewesen wäre, nein, ganz sicher nicht, aber ich wollte die zierliche Schlampe haben und sie durchficken.

Sie ist einfach heiß! Verzweifelt richtete ich den Blick gegen die Decke.

Pünktlich um neun klingelte es.

Ich zwang mich, nicht zu rennen. Keinesfalls durfte ich meine Würde vergessen. Amina war nur eine simple Studentin, wie sie tausendfach in der Stadt rumliefen. *Aber ich habe sie für mich ausgesucht.*

Ansatzweise wusste sie immerhin schon, was ich so mochte. Die Eisenringe an meinem Bett waren ziemlich eindeutig, auch wenn ich den zweiten begehbaren Kleiderschrank für die Putzfrau zur Tabuzone erklärt hatte. Dort lag ein Teil meiner Spielsachen, die ich mit den Girls aus dem Club verwendete.

Endlich erreichte ich die Haustür und öffnete sie.

Amina stand davor. Wie meistens trug sie ihre grauen Jeggings und oben ihre Jeansjacke. Die Haare waren wie immer unter einem schwarzen Tuch verborgen.

„Hi." Ich machte einen Schritt zurück und ließ die junge Frau ein.

„Hallo … Carsten." Ihre Lippen verzogen sich zu einem süßen Lächeln und sie legte ihre schwarze Lederclutch bei der Garderobe ab. „Ist heute etwas Bestimmtes zu beachten?"

„Hm." Ich rieb mir das Kinn. „Das Bett wechseln wäre gut."

„Okay." Sie senkte wieder einmal den Blick und ich spürte eine neue Unsicherheit an ihr. Das Gefühl war stärker als sonst. Fast, als belaste sie etwas.

„Was ist denn?", fragte ich deshalb. „Hat es mit dem letzten Mal zu tun?"

Sie sah kurz auf. „Irgendwie schon. Aber es ist nichts, keine Sorge." Amina brachte ein kleines Lächeln zustande.

Sie nickte mir abschließend zu und eilte die Treppe hinauf.

Ich wartete zwei, drei Minuten, dann folgte ich ihr. Um es nicht ganz so auffällig wirken zu lassen, holte ich die schmutzige Kaffeetasse aus dem Büro, bevor ich ins Schlafzimmer hinüberschlenderte.

Auch hier waren die Wände dunkel und das Parkett hell. Ein kurzer Gang führte von der Tür zum eigentlichen Schlafraum mit dem modernen Kingsize-Bett. Rechts fanden sich die beiden begehbaren Schränke, linker Hand lag ein Badezimmer.

Es war fast schon eine kleine Suite.

Leise folgte ich dem kurzen Gang und fand Amina, die eben mein Bett abzog. Sie beugte sich weit nach vorne und streckte mir schön ihren geilen Knackarsch entgegen. Sofort bildete sich eine Beule in meiner Hose, aber ich bezwang mich.

„Sehr aufreizend", neckte ich sie.

Amina zuckte zusammen und hätte beinahe das Gleichgewicht verloren. Hastig drehte sie sich zu mir um. „Sie ... du hast mich erschreckt", sagte sie etwas atemlos.

„Sorry, wollte ich nicht", entschuldigte ich mich und lehnte mich an die Wand, um Amina bei der Arbeit zuzusehen.

„Schon gut." Amina grinste und wandte sich wieder dem Bett zu. Rasch fuhr sie fort, die beiden Decken abzuziehen.

Mein Blick blieb an ihrem herrlichen Arsch kleben. Das merkte sie ganz bestimmt. Es war mir aber reichlich gleichgültig, besonders nach dem Vorfall am Montag.

Als sie mit den Armen voller Schmutzwäsche an mir vorbeikam, warf sie mir ein wissendes Lächeln zu.

Ich folgte ihr die Treppe hinunter und verzog mich in die Küche, um mir einen frischen Kaffee zu machen. Ohne die starken Spotlichter wäre der Raum düster gewesen.

Ich werde Amina zunächst durch ständige Überwachung unter Druck setzen, beschloss ich. Dass sie mich geil macht, weiß sie ja schon.

Aminas nächste Station war die Küche, so dass ich es mir mit meinem Kaffee und einer Zeit gemütlich machte. Meine gelegentlichen Blicke über den Rand der Zeitung hinweg, konnten ihr nicht verborgen bleiben.

Ich trank in aller Ruhe meinen Kaffee und bewunderte das neueste Opfer meiner Begierden. Schon lag sie vor meinem geistigen Auge in meinem Bett, nackt, die Arme und Beine weit gespreizt ... *Ob sie rasiert ist?* ... Die Augen mit einem schwarzen Seidentuch verbunden, einen roten Ballknebel im Mund ... Ein Traum.

Mein Schwanz wurde schon wieder hart.

Schluss jetzt! Noch ist sie cool, aber sie darf mich nicht für einen Perversen halten, rief ich mich zur Ordnung.

Ich trank meinen Kaffee aus und verließ die Küche. In meinem Büro wartete Arbeit auf mich.

Später traf ich Amina im Gästebadezimmer an, wo sie das Klo putzte. Sie beugte sich wieder mal schön vor. Diesmal konnte ich nicht widerstehen und griff ihr an den Arsch.

Amina stieß einen überraschten Laut aus und beinahe wäre sie auf den Kacheln ausgerutscht, aber ich griff blitzschnell zu und hielt sie fest.

Es war ein himmlisches Gefühl, diese herrlichen Rundungen unter meinen Fingern zu spüren. „Verdammt, ist das geil!", stieß ich hervor. Dann schob ich ihr die Hand in die Hose. Da war wieder ein Slip – schwarz, wie ich rasch feststellte, dann glitten meine Finger selbst da

hinein und berührten die kühle Haut ihrer Pobacken.

Amina hielt brav still und sah mich über die
Schulter an. Ihr großen, dunklen Augen muster-
ten mich. „Keine Sorge, das regeln wir noch. Du
wirst deine Sicherheiten bekommen, Süße."

Sie hob eine Augenbraue. „Sicherheiten?"

„Geld. Und eine Absprache, was ich bei dir
mache und was nicht. So was eben."

„Aha."

„Ja." Ich griff fester zu und knetete Aminas
Arsch richtig durch.

„Au." Aber sie grinste dabei.

Ich gab ihr einen leichten Klaps und trat wieder zurück. „Kannst weitermachen, Süße." Ein
50-Euroschein wanderte in ihre Hose.

„Ja, Herr Grünberg, äh, Carsten." Sie wandte
sich wieder dem Klo zu und ich überließ sie ihrer Aufgabe.

***

Er hat es tatsächlich wieder getan!, dachte
Amina und schrubbte nachdrücklicher. *Und es
hat sich gut angefühlt. Viel zu gut.*

Seine Hände hatten sich so besitzergreifend
auf sie gelegt ... Das Kribbeln hatte sich über ihren ganzen Körper ausgebreitet – und kon-
zentrierte sich jetzt zwischen ihren Schenkeln.

Ihre Hände zitterten. *Verdammt, ich bin
wirklich geil! Am Ende gefällt es mir, was der
Schnösel mit mir anstellt.*

Das war die reine Wahrheit. Amina wollte seine Hände auch an anderen Stellen ihres Köpers spüren. Wie würde es sich wohl anfühlen, wenn er sie in die Arme nahm, sie an sich zog, seine Lippen fordernd auf die ihren presste …?

Ich bin doch kein Schulmädchen, das sich während der Stunde romantischen Fantasien hingibt!, schalt sie sich. *Aber dieser Mittelfinger, der sich nach vorne geschlichen hatte …*

Amina erschauerte vor Lust und als sie sich verschämt zwischen die Beine griff, spürte sie die Nässe, die ihren Slip tränkte.

Blitzartig zog sie die Hand zurück, als hätte sie sich verbrannt und Hitze stieg in ihr auf. Ein hastiger Blick in den Flur verriet, dass Carsten sie nicht ertappt hatte. *Das wäre der Gipfel der Peinlichkeit gewesen*, dachte sie und musste doch innerlich grinsen, während eine neue Welle der Lust in ihr aufstieg. Ihr Gesicht brannte.

Resolut presste sie die Schenkel zusammen und putzte weiter.

Als Amina sich niederkauerte, um den Abfluss der Dusche zu reinigen, hätte sie schwören können, dass ein Schatten hinter ihr vorbeiglitt. Aber als sie sich herumdrehte, sah sie niemanden. Trotzdem, wie vorhin im Schlafzimmer hatte sie das unwillkürliche Kribbeln eines hungrigen Blickes auf ihrem Hintern gespürt.

Werde ich verrückt? Wünsche ich mir das so sehr, mit Carsten rumzumachen, dass ich mir schon Sachen einbilde? Was ist bloß mit mir los?

Sie putzte weiter und war mehr als froh, als es endlich auf zwei Uhr zuging. „Ich bin fertig", erklärte sie und trat scheu in Carstens Büro. Wie sein ganzes Haus war auch dieses von einschüchternder Schlichtheit. Hier traf er die meisten Entscheidungen, die seine Firma betrafen. Neben seinem Schlafzimmer sein Allerheiligstes.

Ihre Gedanken wanderten zurück zu seinem Bett. Ihr waren die Eisenringe an Kopf- und Fußteil natürlich aufgefallen.

Er muss es ziemlich wild treiben. Eine wohlige Gänsehaut überzog ihren ganzen Körper. *Irgendwie weiß ich, warum das zweite Abteil für mich tabu ist.* Noch mehr Nässe sammelte sich in ihrem Höschen. *Was denkt er eigentlich von mir? Hält er mich für eine Spießerin?*

Carsten, der von den Zahlen auf seinen Monitor ziemlich gefesselt zu sein schien, sah jetzt auf. „Ah, sehr gut. Dann sehen wir uns Montag. Ich wünsche dir ein schönes Wochenende."

„Danke." Wieder war ihr eigenartig warm, als sie sich mit einem angedeuteten Knicks verabschiedete.

Sie floh beinahe aus dem Haus vor diesem verwirrenden, dominanten Mann – und ihren eigenen unzüchtigen Gedanken.

4. Kapitel
Unmoralisches Angebot

Am Freitag fuhr ich in die Firma. Mir gehörte eine Kette für Elektrogeräte und Computer, die in der ganzen Bundesrepublik und darüber hinaus Niederlassungen hatte.

Das meiste erledigte ich zwar von zu Hause aus, aber manchmal standen nun mal wichtige Meetings an.

Obwohl ich mich in einer ganz anderen Umgebung befand, musste ich immer an Amina denken. An ihr süßes, scheues Lächeln und an ihren herrlichen Knackarsch. Okay, okay, vor allem an ihren Knackarsch. Aber ihr Gesicht war wirklich wunderschön.

„... und deshalb müssen wir im nächsten Quartal wieder angreifen und die Konkurrenz bedrängen", meinte Mayer von *Finance und Controlling*.

„Sehr richtig", pflichtete ich ihm halb abgelenkt bei.

Mayer hob fragend eine Augenbraue, fragte aber nicht nach.

Ich lehnte mich zurück und rief mich gedanklich zur Ordnung. Aber innerlich drehte ich Däumchen.

Endlich war die Sitzung vorbei und nach dem Unterzeichnen einiger Verträge kehrte ich zu meinem Wagen zurück, einem klassischen BMW. Pierre, mein Fahrer, wartete geduldig und las hinter dem Steuer die Zeitung.

„Fahren Sie mich nach Hause, Pierre. Das Wochenende wartet."

„Sehr wohl, Herr Grünberg", erwiderte der Franzose, faltete seine Zeitung zusammen und fuhr los.

Schon wieder musste ich an Amina denken. *Ich muss demnächst offen ansprechen, dass ich mehr von ihr will.*

Das Wochenende verbrachte ich faul vor dem Fernseher.

Am Montag war Amina wieder da und ich behielt sie im Auge. Wieder blieb sie ziemlich cool und strich die Extrakohle ohne mit der Wimper zu zucken ein.

Am Donnerstagmorgen beschloss ich, einen Schritt weiterzugehen. Ich hatte mir einen Kaffee gemacht und als Amina auf ihrem Rundgang in mein Büro kam, wartete ich bereits auf sie.

Ich grinste sie breit an.

Amina schien zu begreifen, dass heute etwas anders war als sonst. „Herr Grünberg?", fiel sie in ihr altes Sprachmuster zurück.

„Komm her", befahl ich ihr und grinste voller Vorfreude. Von meinem ungewohnt barschen Ton überrascht, riss sie die Augen auf. Heute trug sie schwarze Hosen, Jeggings, wie meistens, dazu ein rotes Shirt. Für ihre Verhältnisse ziemlich auffällig.

„Habe ich etwas falsch gemacht", fragte sie unsicher und folgte meinem Befehl.

„Nein, komm noch näher, Süße." Mein Finger unterstrich die Aufforderung.

„Was ist denn?", wollte sie mit zitternder Stimme wissen.

„Du wirst mir jetzt einen blasen", erwiderte ich gelassen und wies unter den Schreibtisch.

„Wie bitte?" Offensichtlich geschockt starrte sie mich an.

„Du hast mich schon verstanden", erwiderte ich kühler als üblich. „Ich möchte einen Blowjob von dir. Jetzt sofort."

Sie zögerte und so deutete ich noch mal unter den Schreibtisch. „Mach endlich."

Endlich gehorchte Amina. Nach einem letzten Blick zu mir ließ sie sich auf die Knie fallen und kroch brav unter den Schreibtisch. Ich drehte mich mit dem Bürostuhl zu ihr und spürte sogleich, wie sie meine Hose öffnete.

Ohne zu zögern, holte Amina meine Latte aus den Boxershorts und ich seufzte erleichtert auf, als sich ihre weichen Lippen um mein bestes Stück legten.

„Ja, genau, gib mir dein Blasmäulchen, Süße", presste ich hervor.

Ihre Zunge schnellte um meinen Harten und ließ meine Eier kochen. Dabei drangen schmatzende Geräusch unter dem Schreibtisch hervor.

Dann begann Amina, mit dem Kopf vor- und zurückzugleiten. Was für eine herrliche Maulfotze! Ich stöhnte ungehemmt auf. Für mich war klar: Die Kleine gehörte mir!

„Du bläst göttlich!", stieß ich hervor und griff unter den Tisch, um sie zu führen.

Amina überließ sich mir und ich bockte fordernd in ihren Mund und fickte ihr Gesicht regelrecht.

Ihr Würgen war die Krönung und stimulierte mich noch weiter, aber ich musste aufpassen, dass sie mir nicht über den Schwanz kotzte.

„Geil machst du das!" Ich keuchte und strich Amina lobend über den Kopf. „Gleich ... gleich komme ich!"

„Jaaah!", klang es erstickt unter dem Schreibtisch hervor.

Meine Latte zuckte und Amina gurgelte überrascht, als ich ihr meine Ladung in den Hals spritzte.

Brav leckte sie mir danach den Schwanz sauber, bevor ich sie unter dem Schreibtisch hervorzog. Sie sah mich mit einem leichten Grinsen an.

„Dann war es also nicht so schlimm, wie du angenommen hast."

„N-nein." Amina senkte züchtig den Blick, aber ihre Mundwinkel zuckten.

„Hier, das hast du dir verdient." Grinsend schob ich ihr 100 Euro in den Ausschnitt. Ein verlegener Ausdruck flog über ihr Gesicht, aber sie nickte nur.

„Du kannst jetzt weiterputzen."

„Ja, Herr ... Carsten."

Ich scheuchte sie mit einem Klaps davon.

Später, als sie fertig war, begleitete ich sie zur Haustür. „Heb mal dein Shirt, Süße, ich will deine Titties sehen."

„Äh … ja, Carsten." Täuschte ich mich oder lief sie dunkler an? Trotzdem hob sie folgsam das rote Shirt. Darunter trug sie einen schwarzen, schmucklosen BH.

„Runter damit."

Sie griff nach hinten und öffnete den Verschluss. Das Kleidungsstück fiel zu Boden und enthüllte ihren Vorbau. Relativ klein waren die Titties, aber sie sahen schön fest und zum Anbeißen aus.

Die Nippel und die sie umgebenden Höfe waren noch dunkler als der Rest der Haut.

Ich streckte die Hand aus und ließ meine Finger über die Spitzen gleiten, die sich sofort verhärteten.

Amina seufzte leise – senkte aber gleich sichtlich beschämt den Blick.

„Darauf freue ich mich auch sehr", meinte ich und zwinkerte ihr zu.

„Okay. Darf ich mich wieder anziehen?"

„Ja, wir sehen uns Montag." Ich beugte mich vor und gab ihr einen Kuss auf die Wange.

Amina riss überrascht die Augen auf und erstarrte unwillkürlich. Aber sie wehrte mich nicht ab. „Schönes Wochenende wünsche ich dir, Süße."

Am Montag wollte ich Nägel mit Köpfen machen und wartete schon ungeduldig darauf, dass die geile Studentin klingelte.

Ich hatte uns Kaffee gemacht.

Endlich klingelte es und ich öffnete. „Hi! Wow, siehst du heute wieder scharf aus!", entfuhr es mir.

Die weißen Hosen schufen einen geilen Kontrast zur dunklen Haut. Das Shirt war wieder rot. Eine fantastische Kombination.

„Danke." Sie lächelte strahlend und ihre makellos weißen Zähne blitzten auf.

Ich trat zurück und ließ sie herein. „Schön, dass du wieder da bist. Bevor du dich an die Arbeit machst, möchte ich mit dir sprechen."

„Ist etwas nicht in Ordnung?", bekam sie sofort Angst.

Ich winkte lächelnd ab. „Nein, nein, mach dir keine Sorgen. Ich will nur ein paar Dinge klären."

„Okay." Sie lächelte zaghaft.

„Komm ins Wohnzimmer. Ist Kaffee in Ordnung?"

„Ja, gerne." Ich las Neugier in ihrem Blick. Da war aber noch mehr. Respekt, eine Spur Angst aber auch ... Hoffnung? Ich wunderte mich. Aber ich fragte nicht nach, sondern führte sie ins Wohnzimmer, das im selben Stil eingerichtet war, wie der Rest des Hauses. Die weißen Ledersofas passten hervorragend zu den anthrazitfarbenen Wänden und dem hellen Parkett.

Ich komplimentierte die junge Frau aufs Sofa und schenkte ihr Kaffee ein, bevor ich mich ihr gegenüber in einen Barcelona-Sessel senken ließ.

„Eines vorweg: Ich bin sehr zufrieden mit deiner Arbeit, Süße, daran liegt es nicht – oder doch – je nachdem, wie man es betrachtet.“

Sie sah mich verwirrt an.

„Folgendes: Ich möchte, dass du in Zukunft nur noch bei mir putzt. Das Haus ist auch groß genug dazu.“

„Wie bitte? Und meine anderen Auftraggeber? Und …“

Ich grinste. „Keine Sorge, die finden wieder jemanden. Und ich zahle dir in Zukunft genug, dass du auf die anderen Jobs gar nicht mehr angewiesen bist.“

„Aber das ist ja …“

„Du solltest begriffen haben, dass Geld für mich keine Rolle spielt“, erwiderte ich. „Aber da ist noch mehr. Ich will dich für mich allein. Ein bisschen Blasen und Fummeln reicht mir nicht mehr.“

„Was denn noch, Carsten?“ So, wie sie die Frage stellte, rechnete sie mit einer ganzen Menge. *Gut, dann trifft es sie nicht ganz unvorbereitet.* „Ich möchte auch richtig mit dir schlafen – und wer weiß, vielleicht nehme ich dich mal in meinen Stammclub mit.“

„In …“ Amina schluckte sichtbar.

„Ja. Du weißt ja bestimmt, dass ich nicht nur auf Blümchensex stehe, auch wenn das zweite Schrankabteil tabu ist.“

„Ja, das Bett ...“ Sie lächelte unsicher.

„Eben. Aber zuerst ficken wir einfach ein bisschen für den Anfang. Du bist einfach zu heiß, als dass ich meine Finger von dir lassen könnte“, lachte ich und nahm einen Schluck Kaffee. „Ich hoffe, du bist rasiert?“

„Ich, äh ...“ Wieder einmal stockte sie. „Natürlich.“

„Gut, wir beginnen hübsch langsam – und der Schrank bleibt tabu.“

„Okay.“

„Hattest du schon einen Freund?“, wollte ich wissen.

„Einen“, gestand sie nach einem Schluck Kaffee. „Aber ich musste ihn vor meinen Eltern verheimlichen. Sie sind sehr konservativ.“

„Soso.“ Ich grinste. „Also gut. Bist du einverstanden? Du arbeitest ab nächster Woche nur noch bei mir und ich ficke dich schön regelmäßig?“

Sie zögerte. „Darf ich mir das noch mal überlegen?“

„Selbstverständlich, sowas sollte man nicht aus dem Bauch heraus entscheiden.“ Ich nickte.

„Danke.“ Sie lächelte jetzt schon breiter. „Dann gehe ich mal putzen.“

„Tu das.“ Ich entließ sie mit einer großzügigen Handbewegung.

***

Wie in Trance putzte Amina das Haus. *Er will mich für sich. Also steht er wirklich auf das harte Zeug. Will er mich etwa zu seiner Sklavin machen? Wie in diesen Hausfrauenromanen?*

Beinahe hätte sie aufgelacht.

Heute ließ Carsten sie in Ruhe. Er schien zu wissen, dass sie über eine Menge nachzudenken hatte. Dafür war sie ihm sehr dankbar.

Immer noch tief in Gedanken ging sie kurz nach zwei Uhr nach Hause.

Abgesehen von ihrer Anspannung, kribbelte ihre Muschi ordentlich. *Was erwartet Carsten denn wirklich von mir?*, fragte Amina sich und griff nach dem Smartphone. Dann zögerte sie – und überwand sich schließlich.

Hallo Carsten. Als was siehst du mich eigentlich?, schrieb sie.

Er antwortete ihr auf der Stelle, als habe er ihre Frage erwartet:

Du wärst mein Sugar Babe sozusagen. Wir fangen langsam an.

Nicht als deine Sklavin? Es klang so danach, vergewisserte sie sich.

Inzwischen war sie zu Hause angekommen und warf sich aufs Bett.

Im Club vielleicht. Aber ich habe vor, es mit dir langsam angehen zu lassen.

Okay, schrieb sie zurück. Sie schreckte zusammen, als sie begriff, dass sich ihre Rechte zwischen ihre Beine geschlichen hatte. Doch dann zuckte sie die Achseln. *Warum auch nicht?*

Mit zitternden Fingern öffnete sie ihre Hose und schob sie ein Stück runter. Dann glitten ihre Finger in den schwarzen Slip und teilten ihre Schamlippen und streiften dabei ihre pulsierende Klit.

Sie seufzte auf, als ihre Finger die Spalte entlangstreichelten. Wie von selbst öffneten sich ihre Schenkel.

Es wäre schön, Carstens Finger an meiner Muschi zu spüren, gestand sie sich ein und sofort erschien vor ihrem geistigen Augen dieses Bild. Das brachte sie ein erstes Mal zum Aufstöhnen. Dann glitten die Finger in die Spalte, die erwartungsvoll zuckte.

„Oh, jaaa!", entfuhr es ihr unwillkürlich. Ein eisiger Schreck durchfuhr sie. *Die Nachbarn! Scheiße, was werden sie denken?* Sie zwang sich, beim nächsten Mal leiser zu stöhnen.

Härter stieß sie ihre Finger in sich hinein, wobei sie sich vorstellte, dass Carsten sie nahm. Er hatte ein stattliches Fickgerät. Die bloße Vorstellung seiner Männlichkeit in ihrer Muschi ließ ihre Säfte fließen.

Amina keuchte, ihr Bauch verkrampfte sich und der Höhepunkt kam langsam näher. In ihrer Vorstellung lächelte Carsten zufrieden und stieß härter in sie. Ihr Unterleib drückte sich ihren eigenen Fingern entgegen und endlich kam sie! Geilsaft rann aus ihrer Fotze und an den

Fingern entlang und tropfte schließlich auf die Bettdecke.

Ermattet ließ sie sich zurücksinken. *Verdammt, ich habe wirklich an Carsten gedacht, während ich es mir besorgt habe*, dachte sie beschämt. *Und das, obwohl er offen zugibt, dass er mich zu seiner Verfügung haben will. Als sein Sugar Babe.* Für ihren Geschmack war das sehr nah an *Sklavin* dran. Und seine Ankündigung ließ darauf schließen, dass es durchaus noch zu Letzterem kommen könnte.

„Bin ich bereit dazu?", fragte sie sich laut, während sie an die Decke starrte. „Bin ich bereit, so einem arroganten, reichen Schnösel als Betthäschen zu dienen? Aber er sieht sehr gut aus. Wie so ein richtiger Frauenheld aus den Groschenromanen."

Sie biss sich auf die Lippen. *Ach was, versuchen kann ich es ja. Aussteigen kann ich immer noch, wenn es zu heftig werden sollte.*

Plötzlich war sie aufgeregt wie vor einem Date. *Oder verspüre ich sogar die ersten Anflüge von Verliebtheit?*, fragte sie sich. Mit zitternden Händen tastete sie nach ihrem Smartphone.

5. Kapitel
Der verbotene Schrank

Als sie am Donnerstag das nächste Mal bei Carsten klingelte, war alles irgendwie anders. Wenn er die Tür öffnete, würde er sie anders ansehen. Sie würde ihm gehören – soweit das eben möglich war.

Es überlief sie kalt beim Gedanken daran. Ihr Unterleib jedoch reagierte mit einem sehnsüchtigen Ziehen.

Da öffnete sich die Tür und Carsten stand vor ihr. Sein Blick ging ihr durch Mark und Bein.

„Hi." Er lächelte, blieb aber hoch aufgerichtet vor ihr stehen. „Da bist du also."

„Ja, da bin ich", erwiderte sie leise und senkte den Kopf. *Verdammt, ich führe mich schon auf wie eine Sklavin!* „Ich ..."

„Komm rein." Er trat zurück und sie betrat das Haus. Sie spürte dabei seine Blicke über ihren Körper gleiten.

„Äh, was wird sich genau ändern?", wollte sie wissen, als sie mitten in der Eingangshalle stand und von einem Fuß auf den anderen trat.

„Also, du wirst mich mit *Herr* oder *Herr Carsten* ansprechen. Deine Unterwerfungszeremonie ..."

„Unterwerfung?", fiel sie ihm ins Wort. „Also machst du mich doch zu deiner Sklavin?"

Er sah sie mit gespielter Geduld an. „Ja, sozusagen. Zumindest wirst du mir aufs Wort gehorchen. Und wenn nicht, versohle ich dir deinen süßen Knackarsch. Und unterbrich mich in Zukunft nicht mehr, Süße."

„Ja, Herr." Sie schämte sich wirklich.

„Also, zuerst putzt du und danach sehen wir weiter. Verstanden? Aber was du wissen musst, ist Folgendes: Ich fasse dich an, wann ich will – und werde dich auch ficken, wenn mir danach sein sollte. Verstanden?"

„Verstanden, Herr." Sie blieb mit gesenktem Kopf stehen. „Es tut mir leid, Herr."

„Also gut. Ich werde dir später auch ein Safeword geben, damit du eine Session abbrechen kannst, wenn es dir zu viel wird."

„Ich verstehe, Herr."

„Dann geh jetzt putzen. Und vergiss nicht, das Bett zu wechseln, Sklavin."

Sklavin. Das Wort ließ sie erschauern, aber es war gleichzeitig auch so aufregend! „Ja. Herr!" Sie lief die Treppe hoch und eilte gleich ins Schlafzimmer, um das Bett abzuziehen und Carstens Kleider zusammenzusuchen.

Er folgte ihr und als sie sich übers Bett beugte, spürte sie seinen brennenden Blick auf ihrem Arsch. Nicht, dass sie solche Blicke nicht gewohnt war – im Gegenteil. Sie war auch ziemlich stolz auf ihren runden Knackarsch.

Aber Carstens Blick war wirklich intensiv. Er bedrängte sie jedoch nicht.

Als sie die trockene Wäsche hochbrachte, war er in seinem Büro verschwunden. Sie öffnete die Schiebetür des begehbaren Schrankes – aber statt der aufgehängten Jacketts und der ordentlichen Schubladen erblickte sie ein Sammelsurium an ... *Zeug.* Peitschen und Rohrstöcke fielen ihr auf und säuberlich zusammengerollte Seile und Gerten. Und weiter hinten entdeckte sie einen kaum oberschenkelhohen Käfig mit massiven Metallstangen.

Ihr Atem stockte und dann hämmerte ihr Herz plötzlich doppelt so schnell wie zuvor. *Verdammt! Das ist der verbotene Schrank!* Trotzdem machte sie einen Schritt hinein. Die Neugier zwang sie dazu. Dort hingen, von den hellen Spotlichtern angestrahlt, Handschellen, Ballknebel und andere Gegenstände, deren Zweck sie nicht erkannte. Ketten mit Hand- und Fußschellen. Die schienen ihr zum Bett zu passen.

Gerade als sie sich bückte, um den Käfig näher in Augenschein zu nehmen, hörte sie Carstens kühle Stimme hinter sich. „Gefällt dir, was du siehst?"

Gleichzeitig legte er ihr eine Hand auf den Arsch und griff zu.

Eiskaltes Entsetzen fuhr ihr durch die Glieder. *Erwischt! Was macht er jetzt mit mir?*

6. Kapitel
Das schwarze Hausmädchen
anal rangenommen

Die junge Frau erstarrte, vor dem Käfig vornübergebeugt.

„Na, gefällt dir, was du siehst?", wiederholte ich meine Frage deutlich schärfer.

„I-ich ... ich ...", stammelte Amina.

Ich knetete ihren Arsch. Verdammt, diese Jeggings standen ihr ausgezeichnet. *Dabei bleibt es*, beschloss ich spontan. *Aber sie braucht etwas Besseres für drunter.*

„Du *was?*", fragte ich kühl. „Ich habe dir sogar vorhin noch mal explizit verboten, diesen Schrank zu betreten. Was soll mir das jetzt sagen? Ich war bereit, dir zu vertrauen und dich in einen Teil meines privatesten Lebens einzuführen – und jetzt schnüffelst du herum?"

„Es tut mir, mir leid, Herr ... Carsten", kam es jämmerlich von ihr.

Ich wollte sie bloß ein wenig zappeln lassen. So sehr mich ihr Vertrauensbruch enttäuschte, so überzeugt war ich, dass ich Amina behalten wollte. Sie würde eine fantastische Sklavin abgeben.

„Ich bin sehr enttäuscht von dir", teilte ich ihr mit. „Ich habe dir gesagt, dass ich dich bestrafen werde, wenn du nicht gehorchst."

„Ja, Herr Carsten. Wirst du mich jetzt schlagen?", piepste sie.

„Dein geiler Arsch wäre perfekt dazu geeignet“, stellte ich fest und griff erneut bestimmt zu. „Aber nein. Ich werde jetzt ein bisschen vorgreifen und dir zeigen, was ich von dir erwarte. Durch deinen Ungehorsam hast du das Recht auf eine schonende Einführung fürs Erste verloren. Mach deine Hose auf!“

Wie betäubt gehorchte sie. Sie richtete sich auf und öffnete ihre Hose. Der Reißverschluss ratschte.

Ohne ein weiteres Wort griff ich an den Bund ihrer Jeggins und zog sie ihr mit etwas Mühe über den Knackarsch. Der schwarze Slip folgte sofort. Zum ersten Mal sah ich Aminas Arsch nackt in all seiner Pracht.

Mein Schwanz war steinhart.

Meine Finger gruben sich wie von selbst in die weiche Fülle und genossen die zarte, reine Haut. Wunderschön! Die Backen waren herrlich kühl und ich ließ mir Zeit, sie noch ein bisschen zu massieren, ehe ich Amina roh nach vorne auf die Oberseite des Käfigs drückte.

Sie ließ es geschehen und ging sogar auf die Knie.

Die Neugierde packte mich und ich kauerte mich ebenfalls nieder, um ihren Arsch zu spreizen.

Amina stöhnte leise.

Die kleine, dunkle Rosette öffnete sich leicht und enthüllte ihr rosiges Inneres. In Verbindung mit der dunklen Haut war das ein sehr appetitlicher Anblick und mein Schwanz zuckte.

Mit den Daumen teilte ich ihre Fotzenlippen und bewunderte ihr Spältchen, das sich als ebenso rosa entpuppte.

„Geil. Süße, du bekommst gleich jetzt deinen ersten Fick von mir, verstehst du? Ich muss dir zeigen, wer der Boss ist.“

„Ja, Herr Carsten, ich verstehe“, flüsterte die junge Afrikanerin und ihre Stimme zitterte.

Ich erhob mich wieder und schob ihr mit den Füßen die Knie noch weiter auseinander.

Amina zitterte und ich strich ihr beruhigend über den gebeugten Rücken. „Dein Arsch ist so was von fällig, auch wenn ich ihn dir nicht versohle, Sklavin“, stieß ich rau hervor und öffnete meine eigene Hose. Ich war so hart, dass ich keine weitere Vorbereitung benötigte.

Ich spuckte Amina nur zwischen die gespreizten Arschbacken und setzte meinen Schwanz gleich an.

Die junge Frau stöhnte und versuchte den Rücken durchzubiegen, aber das Dach des Käfigs verhinderte dies.

Ich erhöhte den Druck auf ihren runzligen Hintereingang, bis er endlich nachgab und mich passieren ließ.

„Aaaiii!“, winselte Amina, aber ich ließ nicht locker und drängte mich immer tiefer in ihr enges, zuckendes Loch.

„Du hattest wirklich noch niemanden da drin, stimmt's?“, keuchte ich und packte ihre Taille.

„Neeein, Herr Carsten, das ist mein erstes Mal", jammerte sie. „Bitte sei vorsichtig!"

„Das gehört dazu", brummte ich. „Allerdings hast du es nicht wirklich verdient, findest du nicht auch, Sklavin?"

„Ich ... ich war ungehorsam, Herr Carsten ...", jammerte sie weiter.

„Ganz genau", versetzte ich trocken und stieß ein weiteres Mal zu. Ihr Arsch umklammerte meinen Lustspender so hart wie eine Faust. Die Hitze darin war göttlich und brachte meine Eier zum Kochen.

„Verdammt, wusste ich doch, dass dein Arsch geil zu ficken ist!", presste ich hervor und knirschte mit den Zähnen. Ich blickte hinab. Es war geil zu sehen, wie mein heller Schwanz zwischen diesen so dunklen, festen Pobacken verschwand.

Amina war wunderschön. Exotisch.

Mein Schwanz zuckte in seinem engen Futteral.

Amina stöhnte. Mein Prügel musste für ihren engen, eben erst entjungferten Arsch eine wahre Prüfung sein. Gleich beim ersten Mal so ein Kaliber, das konnte nicht leicht sein.

Ich zog zurück, aber nur für wenige Augenblicke und versenkte gleich meine ganze Länge wieder in ihrer dunklen Schokoladenmine.

„Uuuh!" Jetzt klang Aminas Stöhnen rauer.

Ich intensivierte meine Stöße und pfählte ihr unwürdiges Arschloch Mal um Mal.

„Auuu, Herr, das brennt, aber es ist ... so geiiil!“, schrie Amina. „Ich hätte nie ... nie gedacht, dass es so geil sein könnte!“

„Tja, dann war es ja ein Glück für dich, dass du meine Sklavin geworden bist“, spottete ich und penetrierte sie ein weiteres Mal. Ich hielt mich nicht mehr zurück. Amina schien sich an den Fick gewöhnt zu haben.

Sie drängte sich mir jetzt sogar entgegen und ich hämmerte immer härter in ihren Arsch. Aber lange würde ich es nicht mehr aushalten. Die Enge und die Hitze in ihrem Hintertürchen forderten ihren Tribut.

Endlich kam es mir: Schub um Schub schoss sich dem schwarzen Hausmädchen meine Ladung in den Arsch!

Nachdem wir beide zu Atem gekommen waren, zog ich Amina hoch und umschlang sie von hinten. So zog ich sie zum Bett. Sie sah mich verwirrt und mit glasigen Augen an. „Das war heftig, Herr Carsten, aber sehr geil“, murmelte sie.

„Das ist schön zu wissen“, erwiderte ich und lächelte sie endlich wieder an. „Jetzt weißt du schon etwas besser, was eine Sklavin zu erwarten hat, was?“

„Ja, Herr Carsten.“ Sie senkte den Blick und ließ es zu, dass ich sie vollständig auszog. Ihre Fotze war vollkommen kahl.

„Du bist eine wunderschöne Frau, Sklavin“, gestand ich, während meine Blicke über ihren ganzen, makellosen Körper glitten. „Dreh dich um.“

Wieder präsentierte sie mir ihren schwarzen Knackarsch. Am liebsten hätte ich reingebissen.

„Leg dich aufs Bett, na los, ich will jetzt deine niedliche, rosige Muschi vögeln. Auf den Rücken! Hopp-hopp!“, befahl ich ihr und kehrte zum Schrank zurück. Dort suchte ich vier Ketten mit Schellen und eine schwarze Augenbinde hervor.

Als ich wieder beim Bett stand, hatte sich Amina folgsam hingelegt. Als sie begriff, was ich in den Händen hielt, riss sie erschrocken die Augen auf. „Herr!“

„Keine Sorge, diesmal werde ich viel sanfter sein“, beruhigte ich sie. „Deine Strafe ist ausgestanden soweit, obwohl ich dir nachher noch eine weitere Behandlung zukommen lassen werde, die es in sich hat.“

„Was denn für eine, Herr?“, fragte sie mit zitternder Stimme.

„Das wirst du sehen“, beschied ich ihr knapp. „Spreiz jetzt mal schön die Arme und Beine ab.“

Sie gehorchte und hielt auch brav still, als ich ihr die Schellen an Hand- und Fußgelenken anbrachte. Dann spannte ich die Ketten und befestigte sie an den Eisenringen am Bettgestell.

Splitternackt, offen und schutzlos lag Amina nun vor mir. Ein fantastischer Anblick, den ich mit dem Smartphone sofort festhalten musste.

Amina starrte mich aus aufgerissenen Augen an. Ich las Angst darin, aber auch einen Funken Geilheit.

„Herr, ich … irgendwie träume ich schon davon, seit du mich berührt hast, Herr“, gestand sie murmelnd.

„So?“ Ich schmunzelte und zog mich ebenfalls aus. Keinesfalls durfte ich zugeben, dass ich scharf auf sie war, seit ich sie das erste Mal gesehen hatte. Bevor ich aufs Bett stieg, sah ich mir noch Aminas Kleider an und merkte mir die Größen.

Die schwarze Frau beobachtete mich verwundert, sagte aber nichts.

Dann verband ich ihr die Augen und rutschte tiefer. Ungeduldig senkte ich den Kopf und küsste ihre seidenweiche Spalte.

Amina seufzte ein erstes Mal auf und drückte sich mir entgegen, soweit es die Ketten zuließen.

Mit der Zunge teilte ich ihre unteren Lippen und leckte ein erstes Mal durch ihre Fotze. Ihr Geschmack war betörend und vernebelte mir die Sinne. Würzig und süß zugleich prickelte er auf meiner Zungenspitze. Die exotische Note, die ich beinahe erwartet hatte, war gut herauszuschmecken.

„Lecker!“, brachte ich hervor und leckte begierig weiter. Ich war schon wieder bereit.

Jetzt stöhnte Amina richtig und zog an den Ketten. „Das ist so schön, Herr!“, winselte sie und presste mir ihre Muschi ins Gesicht. Mit den Fingern zwirbelte ich ihre harte Liebesknospe.

„Jaaah! Herr!", schrie Amina, mittlerweile in Ekstase. Sie zerrte an den Ketten, nicht um sie loszuwerden, aber irgendwie musste sie wohl ihrer Erregung Luft verschaffen.

Sie atmete schwer, keuchte sogar.

Jetzt ließ ich meine Zunge über ihre Klitoris wandern und saugte an der harten Spitze.

Meine neue Sklavin schrie und winselte vor Lust. Ihr ganzer Körper war jetzt steif wie ein Brett und lange würde es nicht mehr dauern, bis sie kam.

Ein letztes Mal Lecken brachte sie zum Höhepunkt und sie kaum aufschreiend. Geilsaft spritzte mir förmlich ins Gesicht.

„Oh, eine Squirterin!", bemerkte ich zufrieden und leckte die würzige Feuchtigkeit auf.

Keuchend lag Amina da, vollkommen außer Atem.

Ich ließ ihr etwas Zeit, sich zu erholen. Dann schob ich mich endlich auf sie und drang in ihre klatschnasse Spalte ein.

Samtweich umschmeichelte sie mein bestes Stück.

Wir stöhnten beide gleichzeitig auf.

Amina hielt dagegen, als ich sie zu ficken begann. In langsamen Stößen füllte ich ihre Muschi immer wieder. Sie war eng, aber nicht so gnadenlos eng wie ihr Hintertürchen.

Aber genau so, wie eine 19-jährige eben sein muss, dachte ich zufrieden und küsste Amina auf die Lippen.

Die sanfte Berührung ließ Amina zusammenschrecken, aber sie erwiderte den Kuss stürmischer, als ich erwartet hätte.

Jetzt stieß sich etwas härter zu, blieb aber so gefühlvoll ich konnte. Ich versenkte mich Mal um Mal bis zum Anschlag in sie. Ich hielt den Fick diesmal auch deutlich länger durch, aber die zuckende Spalte und die zarten Falten der Schamlippen, trieben mich schließlich doch zum Höhepunkt.

Erschöpft sank ich auf Amina zusammen. „Eins ist sicher, süße Sklavin: Du bleibst diese Nacht hier und ganz sicher auch das ganze Wochenende.“

Zu meiner Überraschung antwortete sie nur mit einem schlichten: „Ja, Herr.“

„Ich muss jetzt dann gleich noch mal los“, verkündete ich ihr. „Es wird Zeit, dass du den Käfig ausprobierst.“

„Herr!“

„Ja, komm.“ Ich zog sie hoch. „Kannst gleich kriechen, das wirst du auch noch lernen.“

Stumm gehorchte sie und ich führte zum Käfig. Brav kroch sie hinein und ich schloss die Klappe hinter ihr.

„Ich mache jetzt ein paar Einkäufe. Du wirst ein wenig Geduld brauchen.“

„Ja, Herr.“

Ich warf ihr eine Kusshand zu und ließ sie zurück – nicht, ohne die Schiebetür des Schrankes offenzulassen. Es machte keinen Sinn, sie in Panik zu versetzen.

Nach einer Dusche verließ ich das Haus. *Das wird eine schöne Überraschung für die Süße sein*, dachte ich dabei und rieb mir die Hände.

7. Kapitel
Der Käfig – Oder das neue Leben

Unbehaglich wand sich Amina hin und her. *Der Käfig ist noch unbequemer als er aussieht.*

Ihre Spalte und das kleine Loch brannten, so derb hatte er sie zuvor rangenommen. *Aber er hat mich wenigstens nicht rausgeworfen. Er war derb, vor allem am Anfang, aber dann … und die Augenbinde hat alles noch intensiver gemacht.*

Ihr ganzer nackter Körper war verspannt und sie fröstelte.

Gegen drei Uhr war Carsten wieder zurück. Sie hörte seine Schritte auf der Treppe. Immerhin hatte er die Schranktür offengelassen, so dass Amina nicht im Dunkeln saß und Panik schob.

Allerdings kam er nicht ins Schlafzimmer, sondern blieb verschwunden.

Was treibt er denn bloß?, fragte sie sich. Aber sie traute sich nicht, zu rufen.

Langsam musste sie pinkeln und versuchte, in einer halb liegenden, halb knienden Position die Schenkel zusammenzudrücken.

Es war beinahe fünf Uhr, als er endlich wieder ins Schlafzimmer trat. Kurz ragte seine Silhouette in der offenen Tür des Schrankes auf, dann war er bei ihr und öffnete den Käfig. „Na, komm raus, Süße. Scheinst es ja ganz gut ausgehalten zu haben.“

Ziemlich steif kroch Amina aus dem engen Käfig und durfte sich aufrichten. „Ich sollte aufs Klo", gestand sie verlegen. Ihre Nacktheit störte sie jetzt nicht mehr. Schließlich hatte er sie heute Mittag richtig *rangenommen*. Anders konnte man das nicht nennen. Sie gehörte ihm.

„Geh. Du kannst dieses Badezimmer hier nehmen. Und nimm gleich ne Dusche. Wirst sehen, warum. Ich warte auf dich."

„Danke." Nach einem letzten zögerndem Blick auf ihren neuen Herrn verließ sie den Schrank und überquerte mit einem Schritt den kleinen Flur. Carsten ging unterdessen zum Bett.

Erleichtert schloss sie die Badezimmertür hinter sich und setzte sich auf die Toilette.

Was kommt noch auf mich zu?, fragte sie sich, während sie sich erleichterte. *Gut, die Sache von vorhin habe ich mir ganz klar selbst zuzuschreiben. Ich war zu neugierig. Der Schrank war mir unmissverständlich verboten gewesen.*

Leise stöhnend rieb sie ihre verkrampften Schenkel. *Er hat gesagt, ich soll eine Dusche nehmen. Was hat er vor?* Es war ein seltsames Gefühl, zu wissen, dass sie hier übernachten würde. *Er wird wieder mit mir schlafen wollen.* Ihre immer noch leicht schmerzende Muschi reagierte mit einem sehnsüchtigen Ziehen auf diese Aussicht.

Da er das wirklich zu verlangen schien, stieg Amina unter die Dusche. Das Wasser tat ihr gut und die Wärme entspannte ihren Körper. Das brauchte sie jetzt. Sie blieb sogar noch ein wenig länger unter den Wasserstrahlen, als sie zunächst vorgehabt hatte.

Erfrischt verließ sie die Dusche und fand sogar ein frisches Badetuch vor. Rasch trocknete sie sich ab und verließ – immer noch splitternackt – das Badezimmer.

Carsten saß auf der Bettkante und wartete auf sie. Er wirkte entspannt und ließ seinen Blick anerkennend über ihren Körper gleiten.

„Wunderschön", sagte er leise und winkte sie näher. „Schau."

Jetzt erst realisierte Amina, was auf dem Bett lag: Unterwäsche in allen Farben. Edle Dessous mit Spitze in Rot, Schwarz, Kokosweiß, Blassblau und Rosa. Ein Traum, verlockend aufgefächert.

Wie erstarrt blickte Amina auf dieses Bild.

Carsten erhob sich und zog sie in die Arme. „Das ist alles für dich, Süße. Purer Luxus, aber an den Body meiner Luxussklavin gehört nur das Beste", flüsterte er und gab ihr einen Kuss auf die Lippen. Seine Hände legten sich auf ihren Arsch und kneteten ihn leicht.

„Oh Herr!", konnte sie nur noch erstickt erwidern.

Er lachte leise und küsste sie erneut. Sanft schob er ihr die Zunge in den Mund.

Er hatte ihr nicht nur Unterwäsche besorgt, sondern auch weitere neue Kleidung, wie sie sie sonst immer trug, also Jeggings und Ähnliches. „Dann musst du wenigstens nicht nach Hause fahren, um etwas zu holen", hatte er gemeint. „Diese Hosen stehen dir. Sie betonen deinen geilen Arsch. Aber du brauchtest noch etwas Angemessenes für drunter." Bei diesen letzten Worten hatte er grinsend ihren Po getätschelt.

Carsten kreierte ein fantastisches Rindstatar zum Abendessen. Auf dem Tisch brannten Kerzen.

Es war fast schon kitschig. Ein reicher Kerl, der seine Angebetete mit demonstrativer Romantik beeindrucken wollte.

Aber ich bin nur *seine Sklavin*, erinnerte sich Amina. Dennoch schenkte sie Carsten ein Lächeln, denn sie konnte sich dem Zauber der Atmosphäre nicht entziehen.

Sie akzeptierte sogar das Glas Rotwein zum Schluss, obwohl sie sonst keinen Alkohol trank.

„Komm", meinte er schließlich. „Ich muss dir noch was zeigen, aber erschrick nicht. Immerhin kennst du ja schon meinen Schrank."

„Okay", lächelte sie und stand auf. Sie fühlte trotz allem immer noch diese Scheu ihm gegenüber und senkte den Blick.

„Du musst wirklich keine Angst haben", betonte er, „ich habe dich direkter in dein neues Leben eingeführt, als ich eigentlich wollte, aber ich werde gut auf dich achten. Komm mit."

Er führte sie in die Eingangshalle und bog dort zur Kellertreppe ab.

Ein Kribbeln überkam Amina. *Vorsichtig jetzt. Vielleicht ist er doch nur ein verrückter Serienkiller und führt mich nun in seinen Folterkeller.*

Carsten schaltete das Licht ein und führte sie Treppe hinunter. Hier unten war sie noch nie gewesen. Waschmaschine und Wäschetrockner standen oben im Gästebadezimmer.

Ihr neuer Herr öffnete eine unscheinbare Tür und ließ Amina eintreten.

Stocksteif blieb sie stehen. Es war, als habe sie eine vollkommen fremde Welt betreten.

Überall standen lederbezogene Böcke, Liegen und Andreaskreuze herum. Die Wände mussten gefaked sein: Sie imitierten rohen Fels, in welchem in eisernen Halterungen Fackeln steckten. Auch dies waren raffiniert hergestellte Lampen.

„Wow!", war alles, was sie herausbrachte. Die düstere Aura des Raumes zog sie in ihren Bann.

Ihr Herr ließ sie eine ganze Weile staunend umherblicken. „Das is ne Hausnummer, was?" Er grinste und legte ihr einen Arm um die Schultern.

„Das sieht ja aus wie echt!", flüsterte sie.

„Ja, schau, da sind noch zwei Käfige."

Tatsächlich. Einer, der fast wie der oben aussah und ein weiterer, der direkt in die Wand eingelassen war wie eine Zelle oder ein Tiergehege.

„Das ist mein gemeines, äh, geheimes Reich", erklärte er stolz. „Mein Dungeon. Gefällt er dir?"

„Es ist ... unheimlich“, meinte sie stockend. „Aber es zieht mich an, ja.“

„Perfekt.“ Er zog sie an sich und hauchte ihr einen Kuss in den Nacken. „Gehen wir wieder rauf. Morgen können wir uns alles in Ruhe anschauen.“

„Okay.“ Sie ließ sich von ihm zur Treppe ziehen, ohne den Blick von dem düsteren Raum zu nehmen. „Das Safeword lautet übrigens *Bounty*.“

Carsten führte sie direkt ins Schlafzimmer, wo er das Licht dimmte. Langsam begann er, sie auszuziehen und sie ließ es geschehen. Er zog ihr das Shirt aus und schob ihr langsam die Jeggings hinunter.

Schließlich stand sie nur noch in kokosweißer Reizwäsche vor ihm. Der Kontrast zu ihrer dunklen Haut war wirklich fantastisch, das musste sie zugeben.

„Runter“, flüsterte er und legte die Hände auf ihre Schultern.

Amina gab dem Druck nach und ging vor ihm auf die Knie.

Sie sah auf und begegnete seinem Blick, als er auf sie herablächelte. „Herr ...“ Sie brach ab.

„Pst! Jetzt blas mir einen. Willkommen in deinem neuen Leben als Sklavin. Das war nur der Anfang. Ich werde dir Träume erfüllen, von denen du noch nicht einmal weißt, dass sie existieren.“

Seine einschmeichelnde Stimme sandte Amina einen wohligen Schauer über den

Rücken. *Nur der Anfang ... Was mag noch alles auf mich zukommen?*

Sie öffnete seine Hose und holte seinen harten Schwanz heraus. Langsam stülpte sie ihre Lippen über das heiße Fleisch.

Fortsetzung folgt ...

Max
SPANKING
Texas - Girl
Heiße Jungstute
Eingeritten bis der Sattel glänzt

AB
18
Gerade 18 - Jung und naiv
Heiße Filipina - Entjungfert und geschwängert
Max Spanking